KB080552

저물어도 돌아갈 줄
모르는 사람

창비시선 456

저물어도 돌아갈 줄 모르는 사람

초판 1쇄 발행 / 2021년 3월 30일
초판 3쇄 발행 / 2024년 11월 21일

지은이 / 이상국
펴낸이 / 염종선
책임편집 / 한인선 박문수
조판 / 박지현
펴낸곳 / (주)창비
등록 / 1986년 8월 5일 제85호
주소 / 10881 경기도 파주시 회동길 184
전화 / 031-955-3333
팩시밀리 / 영업 031-955-3399 편집 031-955-3400
홈페이지 / www.changbi.com
전자우편 / lit@changbi.com

ⓒ 이상국 2021
ISBN 978-89-364-2456-5 03810

저물어도 돌아갈 줄
모르는 사람

이상국 시집

창비

차
례

제1부

010   누군가 있는 것 같다

012   오래된 일

013   밤길

014   뿔

015   유월의 이승

016   도반(道伴)

017   논물

018   누이 생각

020   오빠 생각

022   시 아저씨

023   배후에 대하여

024   나를 위한 변명

026   끝과 시작

제2부

030   북천에 두고 온 가을

031   심심하니까

032   장맛비가 내리던 저녁

034   물치

036   7번 국도

038   동해북부선

039   아름다운 풍속은 쉽게 없어지지 않는다

040   복날 생각 혹은 다리 밑

042   그리운 강낭콩

044   망연(茫然)

045   겨울 아야진

046   저녁 월리

048   다저녁때 내리는 눈

제3부

052   쓸데없는 하루

054   마스크와 보낸 한 철

056   역병이 도는 여름

057   하늘

058   귀를 위한 노래

060   부적의 노래

062   오늘 하루

064   마당의 풀을 뽑다

066   노변잡담

067   반지의 전설

068   동갑(同甲)의 노래

069   늙은 처사의 노래

070   신과 싸울 수는 없잖아

072   ……라고 한다

073   임피리얼 팰리스 호텔 저녁 여섯시

074   할리우드 영화광

076   공장

078   천장지구(天長地久)

제4부

080   우환에게

081   개싸움

082   한동안 우울했네

083   아프리카 형수

084   수건에 대하여

086   노지백우(露地白牛)

088   무제시초(無題詩抄)

090   중생에 대하여

092   어느 청소 노동자에 대한 생각

094   국수 법문

095   미황사 생각

096   서천(西天)

097   별 이야기

099   누비옷을 입은 시인

101   꿈의 해석

103   발문 | 정철훈

124   시인의 말

제 1 부

누군가 있는 것 같다

산에 가 돌을 모아 탑을 쌓고 서원(誓願)을 했다.
돌도 나를 모르고 나도
돌을 알지 못했으므로
그게 돌에다 한 것인지
내가 나에게 한 것인지 알 수 없었다.

그래도 탑을 쌓은 나와
탑을 쌓기 전의 내가 다르듯
탑이 된 돌들도 이미
그전의 돌은 아니었으므로
우리는 서로 남은 아니었다.

그곳이 산천이거나 떠도는 허공이거나
우리가 무엇으로든
치성을 드리고 적공을 하면
짐승들도 함부로 하지 않고
비바람도 어려워하는 것 같았는데

산에 가 돌로 탑을 쌓고 서원을 했다.

돌도 돌만은 아니었고
나도 나만은 아니었다.
아무래도 그와 나 사이에 누군가 있는 것 같다.

오래된 일

아주 오래전 일이다.

세상에 온 지 얼마 안 돼 숨을 놓은 조카를

형님이 안고 나는 삽을 들고 따라갔다.

아직 이름도 얻지 못한 그애를 새벽 솔밭에 묻고

여우들이 못 덤비게 돌멩이를 얹어놓고 온 적이 있었다.

내가 사람으로 살며 한 일 중

가장 안 잊히는 일이다.

밤길

밤길을 간다

어려서는 어머니 등에 업혀 이 길을 갔고

아비가 되어서는 어린 자식 업고 가던 길

오늘은 혼자 간다

나 들으라고 노래하며 간다

이 길을 가며 때로는

몰래 뒤를 밟는다는 짐승이나

시커먼 어둠도 두려웠지만

언제나 무서운 건 사람이었다

뿔

뿔은 힘이 세다.

뿔은 물러서지 않는다.

뿔은 울지 않는다.

그렇게 굳센 아버지들도 자식 이야기만 나오면 얼굴이 환
해진다.

유월의 이승

아내의 생일을 잊어버린 죄로
나는 나에게 벌주를 내렸다.

동네 식당에 가
고기 몇점 불판에 올려놓고
비장하게
맥주 두병에
소주 한병을 반성적으로
그러나 풍류적으로 섞어 마시며
아내를 건너다보았다.

그이도 연기와 소음 저 너머에서
희미하게 나를 바라보고 있었는데

이승에서는 더이상
데리고 살고 싶지 않다는 표정이
역력했다.

도반(道伴)

비는 오다 그치고
가을이 나그네처럼 지나간다.

나도 한때는 시냇물처럼 바빴으나
누구에게서 문자도 한통 없는 날
조금은 세상에게 삐친 나를 데리고
동네 중국집에 가 짜장면을 사준다.

양파 접시 옆에 춘장을 앉혀놓고
저나 나나 이만한 게 어디냐고
무덤덤하게 마주 앉는다.

그리운 것들은 멀리 있고
밥보다는 다른 것에 끌리는 날

그래도 나에게는 내가 있어
동네 중국집에 데리고 가
짜장면을 시켜준다.

논물

벼가 패면 가을이 오고
가을에는 가난한 아버지가 온다.

논밭이 없는 사람들도
가을이 오는 걸 뭐라 하지는 않는다.

가을은 사심이 없다.

공터에 버려진 거울에도
하늘이 얼굴을 비춰보듯
가을이 오면

물꼬에 쭈그리고 앉아
밤을 새우던 아버지도
조용히 논물에 얼굴을 비춰보았다.

누이 생각
동요 「오빠 생각」에 기대어

누이라는 말 그립다.

무정한 나의 어머니는 아들 삼형제만 낳아서
오빠라는 말 한번 듣지 못하고
여기까지 왔지만

뜸북새 울면 눈이 퉁퉁 부어
서울 간 오빠 기다리던
누이들은 다 어디 갔나.

없는 집에 시집가 못난 서방에게 밤낮 얻어맞고 살다가
어느날 아이 하나는 업고 하나는 걸려서 들어서더라도
나는 저 울산바위 같은 네 친정 오빠,

누이여
내가 부모 말 안 듣고 당나귀처럼 뻗대거나
혹은 세상에 부끄러운 짓을 했더라도
그저 바라보기만 하던 누이여
이름만 불러도 눈물 나는데

여름이 되어도 뜸북새는 울지 않고
그 많던 누이들은 다 어디로 갔나.

오빠 생각

그 많던 오빠들은 다 어디 갔나.

툭하면 울리고
몰라도 된다던
작은오빠 큰오빠는 다 어디 갔나.

발 한번 제대로 뻗을 데도 없는 집에서
밤낮없이 지지고 볶던
오빠야는 다 어디 갔나.

누가 내 흉을 보거나
쓸데없는 소문이라도 내면
밥 먹다가도 벌떡 일어나던 오빠야

우리는 어쩌다 집집마다 외동이 되어서
오빠는 누이가 없고
누이는 오빠가 없어

오누이나

오라버니
오랍동생
이 다정한 말들도 다 못 쓰게 되었나.
그 많던 오빠들은 다 어디로 갔나.

시 아저씨

우리 동네 문구점 주인은 나를 사장님이라고 부른다.
속수무책이다.
가내수공업인 시 공방(詩工房)의 주인으로 치자면
나도 사업주이긴 하지만
아무리 그래도 사장은 아니다.
동네 문구점 주인이여
나를 아저씨라고 불러다오.
어려서부터 말 따라 노래 따라
해 지고 저물어도 돌아갈 줄 모르는 사람을
사장은 무슨 사장,
아저씨라고 불러다오.
바람처럼 낙타처럼
마을과 장터를 떠돌았으나
아직 동네에서조차 이름을 얻지 못한 나를
그냥 아저씨라 불러다오.
시 아저씨라고 불러다오.

배후에 대하여

나는 나의 뒷모습을 본 적이 없다.

그래도 거기까지가 나의 밖이다.

나의 등에는 은유가 없다.

손으로 악수를 꺼낸다든가

안면을 집어넣거나 하는 그늘이나

은신처도 없지만

나의 등은 나의 오래된 배후다.

제삿날 절하는 아버지처럼

구부정하고 쓸쓸한 힘이다.

나를 위한 변명

그가 오지 않는다.
때로 수돗가에 와 목을 축이고
어떻게 알았는지 고기 냄새가 나면
기척도 없이 문밖에 와 있기도 했다.
많이 아파 보였지만
그는 그저 바라보기만 했다.

그는 구걸하지 않았다.
더러 먹을 걸 놓아줘도
내가 자리를 비켜주고 나서야 오랜 생각 끝에
먹이를 물고 사라졌다.
그는 주려도 개나 사람처럼
길들여지지 않았다.

버즘 먹은 길고양이,
그가 오지 않는다.
아무리 기다려도 오지 않는다.
동네 빈집이나 조용한 어느 곳에서
어느날 혼자 죽었을 것이다.

그러나 나도 노력했다.
내가 어떤 사람인지 그도 알 것이다.

끝과 시작*

나도 내가 이렇게 될 줄은 몰랐어
선덕여왕 시절쯤부터 중천을 떠돌던 내가
어느날 발 크고 소리 잘하던 정선 사람
내 어머니 자궁에 전광석화처럼 뛰어들어
늙은 시인이 될 줄은 몰랐어
그래도 그게 어디냐
벌레도 아니고 마소도 아니고
그것도 노래하는 사람이라니,
공일날 꼴은 안 베고 예수 따라다니더니
쓰레기 같은 구호물자나 타 왔다고
예배당에 못 다니게 하던 아버지야
같이 살고 싶었으나 살지 못한 사람도 있었고
새처럼 돌멩이처럼 정처가 없었어
얼마나 먼 데서 온 사람인데 어제는
카드는 안 받는다는 세차장 주인에게
속으로 막말이나 해대는 이런 나를 누가 알겠어
오, 생 하나가 고작 이런 것뿐이라니,
그렇다고 그런 나를 어떻게 피해 가겠어
미시령 동쪽 바닷가에 이층 방 한칸 세 놓고

늙어가는 아내와 티브이 드라마를 볼 줄은 몰랐어
나도 내가 여기까지 올 줄 몰랐어
그래도 실없는 나의 노래가
끝까지 내 편이 되어줄 줄 어떻게 알았겠어

* 비스와바 쉼보르스카의 시 제목.

제 2 부

북천에 두고 온 가을

마가목을 두고 온 지 십년이 넘었다

돌배나무집 묵은 된장은 잘 있는지

이름은 북천인데 물은 서쪽으로 흐르고

강바람에 불조심 깃발들이 불꽃처럼 타오르던 곳,

마가목 열매는 술처럼, 지는 해처럼 붉었지

내 허리를 살포시 안은 여자를 자전거 뒤에 태우고

마가목 꽃 속을 드나들던 시절,

꽃보다 열매가 더 좋다고 하면

가던 봄이 돌아보고는 했으나

어느 해나 같은 가을은 없었다

심심하니까

갈 데 안 갈 데 못 가리고
이미 지구를 일곱바퀴 반이나 돈
늙은 쏘나타를 달래가며
원산이나 갔다 왔으면.
백설희의 「봄날은 간다」를 한껏 색정적으로 부르며
어느 해인가 시절이 좋아
양각도 호텔에서 자고 아침에
대동강 변 버드나무숲에서
노래하는 새들과 노래한 적이 있었지.
벌써 아득한 노무현 시절이었지.
살면 얼마나 살았다고
세상은 나더러 무턱대고 쉬라고 한다.
심지어 나의 생명을 관리해주는 곳에서는
함부로 아프거나 죽지도 못하게 하므로
이런 철없는 봄날
북고성 지나 해당화 피는 원산 가면 반나절
춤추는 바닷길 따라 가다가 쉬다가
메밀국수나 먹고 왔으면.

장맛비가 내리던 저녁*

비가 오면
짐승들은 집에서 새끼들과 우두커니
세상을 내다보고
공사판 인부들도 집으로 간다.
그러면 지구가 쉬는 것이나 마찬가지다.

비가 오면
마당의 빨래를 걷고
어머니를 기다리던 시절이 있었고
강을 건너던 날 낯선 마을의 불빛과
모르는 사람들의 수런거리는 소리를 들었다.

안 가 본 데가 없는 비는
들을 지나고 징검다리를 건너와
추녀 끝에서 누구를 기다리기도 한다.
빗소리에 더러 소식을 전하던 그대는
어디서 세상을 건너는지.

비가 온다.

비가 오면 낡은 집 어디에선가 물이 새고
물 새는 소리를 들으며
나의 시도 그만 쉬어야 한다.

* 스저춘의 소설 제목.

물치

양조장 다리 건너
천장에 커다란 선풍기 돌아가던 면사무소
늙은 서기들이 검은 토시를 끼고 앉아
어른들 세상 뜨면
호적에 붉은 줄을 그어주거나
어린 신랑들 혼인신고를 받아주었지.

작은댁 제삿날 새벽 갯돌을 뒤집으면
와글와글 방게들 달아나던 바닷가
방앗간 외동 아재는 영장이 나오자
작두날에 손가락을 잘랐다.
남은 한 마디가 굼벵이처럼 슬펐다.

겨울이면 아버지 패독산 지어주던 한약방도
언젠가 간판을 내리고
저녁이면 붉은 등 켜고 유리창 밖 내다보던
장거리 술집 색시들

소금집 둘째 딸도 시집가고

면(面)이 텅 빈 저녁으로
태평양이 문지방까지 차오르던 농협 숙직실에서
짜장면에 배갈을 마시던 물치.

7번 국도

　이 길은 남쪽의 기점인 부산에서 출발하여 울산 포항 영덕 울진, 그리고 강원도의 삼척 동해 강릉 양양 간성을 지나고, 휴전선 이북에 있는 북한의 강원도 고성 통천을 통과하여 함경남도 원산에 이른다. 원산부터 함흥까지는 더욱 저평한 동해안 평탄지를 따라 북으로 이어지다가 함흥에서부터는 해안에 절박한 해안지형을 따라 함경북도의 접경지역까지 연결되고, 여기서 함경북도 남쪽에 위치한 성진 길주 청진을 거쳐 북동쪽으로 방향을 틀어 함경북도의 끝부분인 아오지를 지나 경원과 온성까지 이른다. 함경북도에서는 국경과 접해 있어서 러시아나 중국과 연결된다.*

　이 길을 고려의 안축이 '경 긔 엇더ᄒ니잇고' 하며 금강산을 내려와 삼일포 청간정을 지나 낙산사로 행차한 후 이백오십년쯤 지나 조선의 송강이 울긋불긋 요란한 관찰사 깃발을 앞세우고 '니화는 벌써 지고 접동새 슬피 울 제' 의상대에 올라앉아 일출을 보고는 강릉 지나 삼척 울진으로 내려간 적이 있었다. 다시 삼백칠십여년이 지나자 인민군이 탱크를 앞세우고 되놈들이 꽹과리를 치고 로스케들이 홀레바리를 메고 내려왔고 서양 오랑캐들과 국방군이 다시 밀고 올라갔는데 그로부터 칠십년 가까이 길은 죽어 있다.

* 한국향토문화전자대전 참고.

동해북부선

오래 기다렸다.

길은 사람을 기다리고
사람은 길을 기다렸다.

지구를 다 돌아도 차마 못 가고
아끼고 아껴둔 마지막 길,

언제 가면 못 가랴만
이 길로 우리는 더 갈 데가 있고
올 사람들이 있으니

꿈에 그리던 저 북관(北關), 통천 거쳐 문천 영흥 지나면
함흥이다. 함흥에서 냉면 먹고 덤비 북청 가면 거기서 반나
절 나라 꼭대기 청진 나진 눈 내리는 국경을 넘어 유랑과 항
일의 땅 블라디보스토크에서 절하자. 그리하여 천지를 뚫고
몇날 며칠 유라시아로 가자. 더 먼 아프리카로 가자.

가서 세계를 데리고 오자.

아름다운 풍속은 쉽게 없어지지 않는다

우리네 먼 조상의 풍속 중에 반보기라는 게 있었다. 멀리 출가한 딸이나 친정붙이 혹은 동기간끼리 좋은 옷을 차려입고 맛있는 음식을 장만하여

명절이나 농한기에 날을 잡아 풍광 좋은 곳에서 하루 유정하게 놀다가 헤어지는 걸 서로 떨어져 사는 곳의 중간쯤에서 만난다 하여 중로상봉(中路相逢)이라 했다.

2018년 8월에도 전쟁 때 남북으로 헤어진 가족들이 천하명승 금강산 자락에서 반보기를 했다. 그날은 나라에서 잔칫상을 차리고 좋은 호텔에 재워주고 티브이로 중계도 해주었다. 아름다운 풍속은 쉽게 없어지는 게 아니다.

복날 생각 혹은 다리 밑

아직도 복(伏)이 되면 다리 밑이 그립다.
어렸을 적 같으면 동네 사람들과 똥개 한마리 앞세우고
솥단지 뒤를 쭐레쭐레 따라가던 곳
지금은 고향에도 모르는 사람들이 산다.

이제 개 추렴 같은 건 너무 촌스럽고 또
반문화적인데다가
다리도 차가 지나가면 무너질 것처럼
우르릉우르릉하던 옛날 다리가 아니다.

어느 해인가 형들이 다릿발에
개를 매달고 두들겨 패다가
목줄을 끊고 달아나는 바람에 한나절
쫓아다니던 때도 있었다.

다리 밑은 원래 그늘과 바람의 집이었으나
전쟁이 끝나고 오갈 데 없는 문둥이나
비렁뱅이들이 모여 살기도 했다.
처녀를 붙잡아다 애를 만든다고도 했다.

복날은 원래 농사꾼들의 명절 같은 것이었다.
지금은 장사꾼들 세상이 되었다.
그런 줄도 모르고 해마다 복은 와서
비어 있는 다리 밑이 너무 아깝다.

그리운 강낭콩

시장 골목 뒤켠에 헌책방이 하나 있었다.
리어카 두어대쯤 되는, 바퀴 달리고
지붕이 가빠로 덮인

갈 데 없는 고금소총이나 악의 꽃, 팡세
그리고 낡고 먼 세계문학들이
거기서 나를 기다리고는 했다.

다리를 조금 저는 주인은 외상으로도 책을 주었고
가을에 갚았다.
추수가 끝나면 어머니 몰래
책가방으로 쌀을 퍼다 주었다.

어머니는 쌀독 군데군데 강낭콩을 묻어
쌀의 안부를 표시해두기도 했는데
나는 쌀을 퍼낸 다음
강낭콩을 제자리에 옮겨놓고는 했다.

또다시 가을이다.

웃말 방앗간 굴뚝에서
가락지 연기 올라가던 그 가을과
하나도 틀리지 않은 가을이 와서
나는 인터넷 책방에 들어가 몇권의 책을 결제하며
머나먼 쌀독을 생각한다.

망연(茫然)

책을 읽는데
피리어드보다 조금 큰 벌레가 날개를 꺼내 들고 날아간다

소나기 지나가고 옥상 고인 물에 온 소금쟁이

눈이 올 것 같아 마당을 쓸어놓던 저녁이 있었다

가을 새벽 자다 일어나 듣는 빗소리

희망을 버리면 좋은 일이 생긴다*는 말

비행기에서 바라보는 비행기

설거지를 했는데 아내가 잘했다고 한다

* 영화 「자기 앞의 생」에서.

44

겨울 아야진
박용래 운(韻)으로

진포(津浦) 가에 내리는 눈은 버려진 그물 위에 내리고
횟집 간판에 앉아 바다를 바라보기도 한다.

진포 가에 내리는 눈은 어판장 핏물 위에 쌓이고
북어 대가리에도 쌓이고
보망(補網)하는 어부들 어깨에도 쌓인다.

진포 가에 내리는 눈은 폐선에 모여
죽은 불가사리들의 꿈을 덮어준다.

진포 가에 내리는 눈은
종일 파도다방 창가에서 누굴 기다리기도 하고
민박집 굴뚝에 올라가 몸을 녹이기도 한다.

저녁 월리

해가 지는데 텅 빈 버스가 그냥 달린다
곧장 가면 서울이다
이왕 가는 건데 누구라도 태우고 가지

남대천 다리 건너 월리
연어들은 여기서 며칠 쉬다가
어성전 쪽으로 들어가고
물은 오대산에서 나와 동해로 간다

지난여름 장마 때 떠내려가다가
강바닥에 살아남은 물버들 몇그루
절반은 누워 살지만
여기서부터 해 지는 쪽 전부가 그의 배후다

강변 식당에서 뚜거리탕을 먹은 적이 있다
장맛이 옛날 같았다

올이 풀려 반만 남은 다리 난간의 새농촌 깃발들,
공권력도 강바람 앞에서는 아무런 힘이 없다

외등들이 저녁을 데리고 민박집으로 들어간다
지금쯤 버스는 집에서 쉬고 있을 것이다

다저녁때 내리는 눈

다저녁때 눈 온다
마을의 개들이 좋아하겠다
아버지는 눈 오는 날 피나무로 두리반을 만들거나
손바닥에 침을 뱉어가며 멍석을 맸다

술심부름 갔다 오는 아이처럼
경중경중 가로등 아래 눈 온다
주전자가 좋아하겠다
아버지는 어느 해 겨울
그 멍석으로 기어코 당신의 문상객을 맞았다

눈은 아무것도 모르고 와
공평하게 마을의 지붕을 덮는다
불빛 화안한 창들
지저분한 나라도 좋아하겠다

눈은 천방지축 어둑한 골목길로 돌아다닌다
눈은 자기가 눈인 줄도 모르지만
눈에게도 고향이 있어서

거기 가서 내리고 싶어하는 것 같다

제 3 부

쓸데없는 하루

서울에서 선배가 와 술을 마셨다
그는 오줌 누러 세번 일어났고 나는 한번 일어났다
우리는 문화계 블랙리스트와
전립선비대증에 대하여 이야기했다
서울에서 선배가 와 맥주 세병과 소주 세병을 마셨다
내가 핵전쟁이 나도 동해 바닷가는 안전하다고 하자
그는 죽어도 서울에서 죽겠다고 해서
그렇게 하라고 했다
그는 고궁을 해설하며 술값은 번다고 했고
나는 시를 찍어, 사주는 사람이 있으면
부르는 값에 넘긴다고 하였다
서울에서 선배가 와 술을 마셨다
그는 주로 소주를 마셨고
나는 맥주를 섞어 마셨다
내가 지난겨울 광화문에 나가
촛불을 들고 서대문까지 행진했다고 하자
그는 박정희나 전두환 시절에는 입도 쩍 못하던 것들이
요즘은 겁도 없이 나선다고 했다
서울에서 온 선배와 속초 전통시장 지하 횟집에서 술을

마셨다

　그는 통 안주를 안 먹었고 나는 술보다 안주를 더 먹었다

　그렇게 세월을 보내다가 어느덧 저녁이 되어

　주인이 자꾸 눈치를 줘서

　우리는 할 수 없이 일어났다

마스크와 보낸 한 철
코로나19를 견디며

살다 살다 그깟 마스크를 사려고
약국 앞에 줄을 설 줄이야.
그래도 고맙다.
신통한 부적처럼
우환을 막아줘서 고맙고
속이 다 내비치는 안면을 가려줘서 고맙고
세수를 안 해도 사람들이 모르니까 더 고맙다.

임진왜란 병자호란
육이오 동란까지 겪고 또 겪고
살다 살다 마스크 대란이 올 줄이야.
저들은 보이지도 않고 소리도 없는 벌레 군단
국경도 인종도 가리지 않는 인류 침공에
어벤저스 슈퍼히어로들도 속수무책인데
귓바퀴가 없으면 걸 데도 없는 저
손바닥만 한 천 조각이 지구를 구할 줄이야.

모든 화는 입으로 들어온다기에
쓸데없는 말 안 하고

나를 아끼고 남을 존중하며
마스크와 한 철 보내고 나니
아무래도 내가 좀 커진 것 같다.
나라도 이전의 나라는 아닌 것 같다.

역병이 도는 여름

역병이 도는 여름
이웃집 백일홍이 피자 동네가 환해졌다.
사람이 사람을 피해 다니든 말든
때가 되면 꽃은 사정없이 핀다.

꽃은 사람에게 겁먹지 않는다.
사랑하지도 않는다.
저 자신으로 꽃일 뿐.

저들도 병들고 아플 때가 있겠지만
꽃은 꽃을 두려워하지 않는다.

아이들도 얼굴을 가리고
벌 받은 것처럼 조용한 여름
백일홍 꽃숭어리들이 바이러스처럼 붉다.

하늘

품에 안은 아이가 죽어간다며 한사코 따라오는 바라나시 여인에게 우리나라 오백원짜리 동전을 던져주고 먼지와 자동차 경적과 인파를 헤치고 멀리 온 길,

어느새 거기까지 따라온 여인이
이거 못 써
이거 못 써
동전을 간절하게 내민다.

하늘에 죄를 지으면 빌 곳이 없다*는데……

* 『논어』 「팔일(八佾)」편에서.

귀를 위한 노래

귀처럼 우스꽝스러운 것도 없다.
멀쩡한 얼굴에 괜히 바퀴처럼 붙어서 빈둥거리는 꼴이
라니,
생기기를 대문짝처럼 생겨서 양쪽에 달고 다니며
원래는 머리통을 씻어내는 바람의 통로였으나
좀더 거슬러 올라가면
중생이 저 아래 있으므로
붓다의 귀는 땅바닥까지 내려왔고
말 많은 서라벌 사람들 때문에
경문대왕의 귀는 도림사 대숲만 했다.
그는 상상력이 없다.
그러므로 들리지 않는 것을 들으려고
온몸을 달고 다니는 귀도 있고
사랑의 고백을 기다리는
꽃이파리 같은 처녀들의 귀도 있다.
그러나 내 귀는 겨우 귀때기에 걸려서
겨울날 마스크를 걸어주거나
안경다리를 잡아주는 일이 고작이다.
그렇다고 그를 안 데리고 다닐 수는 없으니

밤낮 헛간 문짝처럼 열어놓고
떠도는 바람 소리나 들었으면 하는데……

부적의 노래

내가 영문, 숫자, 특수문자로 그린 yusan*1104
이 부적 문자를 컴퓨터에 집어넣으면
하늘의 문이 열린다.
yusan은 한자로 변환하면 遊山이다.
내 그리운 불우의 한 철
절집 마당을 쓸다 주운 것인데
진여본성(眞如本性)을 깨치라는 뜻으로 『벽암록』에 나오
는 말이다.
1104는 내가 점유하여 살고 있는 지구별의 어떤 지번으로
불가침의 서재와 두어평 꽃들의 거처다.
그 사이의 *는 세간에서 별표라고 한다.
그것이 상징이든 은유이든
내가 가진 유일하고 아름다운 별로
나는 이들의 주술로 하늘의 금고를 열기도 한다.
저문 하늘에서 반짝이는 별들도
사실은 모두 다 누군가의 금고다.
마르크스도 자본이나 화폐의 이런 낭만성을
예견하지는 못했던 것이다.
요즘은 다시 천명의 시대이고

yusan*1104로 주문을 건 다음
나는 붉고 푸른 망또를 입고
슈퍼맨처럼 무한천공을 날아다니기도 한다.
이 형이상학적 존재를 잊지 않기 위하여
나는 또다른 부적도 가지고 있는데
그것은 몇겹의 숫자와 특수문자로 그려져
말하지 않으면 귀신도 모른다.

오늘 하루

막힌 배수구를 찾아 마당을 파자
집 지을 때 묻힌 스티로폼이 아직 제집처럼 누워 있다.
사람만이 슬프다.

앞집 능소화는 유월에 시작해 추석 밑까지 피고 진다.
립스틱 같은 관능이 뚝뚝 떨어진다.
꽃도 지면 쓰레기일 뿐.

유럽의 길바닥에는
시리아 난민들이 양떼처럼 몰려다니고
폐지 줍는 노인이 인공위성처럼 골목을 돈다.
누가 울든 죽든 지구는 아무 생각이 없다.
내가 대통령이 되면 폐지 값을 대폭 인상할 것이다.
지구도 원래는 우주의 쓰레기였다.

대낮에 무슨 음모라도 하는지
동네 개들이 대가리를 주억거리며 골목을 돌아다닌다.
저것들은 여름을 조심해야 되는데

반세기가 넘게 평화가 지속되는데도
누가 또 별을 달았다고 거리에 현수막을 내걸었다.
나는 벌써 오래전에 시인이 되었는데
동네 사람들은 모른다.

마당의 풀을 뽑다

1908년 함경북도 성진에서 태어난 김기림은
도호쿠대학을 나와 시인이 되었다.
바다를 청무밭으로 알았다거나
무슨 산맥들이 아라비아 옷을 입었다든지 하는
구라파풍의 시를 남기고
전쟁통에 북으로 붙들려갔다.
같은 해 양양에서 태어난 나의 아버지는 시골 유생으로
필사본 만세력과 토정비결을 밑천 삼아 담배벌이를 하
거나
비 오는 날 공회당에 모여 볼셰비키를 학습했고
세필 끄트머리에 침을 발라가며
나에게 축문 쓰는 법을 가르쳤다.
김기림은 북조선에서 인민으로 죽고
아버지는 수복지구에서 촌부로 생을 마치는 동안
엎어지고 자빠지고 그 사이가 백년이 넘었다.
시인은 넘쳐나고 노래는 많아도
아버지가 부르던 학도가를 나는 지금도 부른다.
사회진보 깃대 앞에 개량된 자 임무 중하다지만
봄은 짧고 나라는 힘이 없다.

그렇게 고생고생한 아버지들은 가고
아무것도 아닌 아들들만 남았다.
혹 북에 있을 김기림의 아들은 무슨 생각을 하며 사는지
며칠째 미세먼지가 하늘을 뒤덮은 날
마당의 풀을 뽑다가 이런 쓸데없는 생각을 했다.

노변잡담

카주라호로 가는 어느 휴게소에서였다.
손짓 발짓 필담 끝에
관광 지도 한장을 사고
코리아 볼펜 최고라는 주인에게 넘어가
가진 것을 다 주고 말았다.
그러자 그는 신이 나서
코리아 미사일 최고라고 엄지를 또 치켜세웠다.
그러고는 은근슬쩍 어느 코리아냐고 묻길래
나는 쓸데없이 우쭐했지만
정색을 하고
코리아는 하나라고 했다.
외딴 벌판 길가 마을에서
간단한 요기를 하고 다시 여정에 오르며
나는 나중에 그것도
우리 거라는 생각을 했던 것 같다.

반지의 전설

　이희호 여사 평전에 의하면 김대중 선생이 내란음모의 누명을 쓰고 언제 죽을지 모르는 사형수로 감옥살이를 하고 있을 때 어느날 모처로 전두환 대통령을 만나러 갔는데 그의 수하들이 말하기를 악수할 때 각하가 불편할지 모르니 반지를 빼라고 해서 그렇게 했다고 한다.

동갑(同甲)의 노래

나는 한때 내가 이래 봬도 대통령과 동갑이라는 걸 자랑 삼아 떠들고 다니던 시절이 있었다. 얼마나 내세울 게 없었으면 그런 짓을 다 하고 다녔을까만 세월이 지나 그는 대통령을 졸업하고 봉하의 논두렁 처사가 되었고 나는 내가 기다리던 세상에 감자를 먹이며 일찍이 법정 노인이라도 되기 위하여 우주를 아무렇게나 사용하고 있었는데, 세상이 바뀌어 비부(鄙夫)들이 판을 치자 그는 재계하고 어느날 부엉이 바위에서 진일보하여 까마득한 적멸 속으로 들어갔다. 그것은 어마어마한 불굴이었다. 나는 지금도 봉하 처사와 동갑이다.

늙은 처사의 노래

　나라라는 게 처처 길을 막고 강도처럼 노자를 털어 가도 강호에 내리는 눈비는 아직 거저이고 산림 깊이 묻어둔 길이 있으니 다리에 쥐가 나도록 브레이크를 밟으며 구불구불 한계령이나 미시령 옛길로 오게.

　한미한 가문에서 태어나 겨우 시를 읽었으나 버릴 데가 없었으므로 같잖은 문장으로 여기저기 글을 내다 팔고 한때는 절머슴을 살기도 했네. 조선인으로는 혁명을 꿈꾸었던 교산이나 생과 시를 일치시켰던 매월당, 술에 먹을 갈았다는 연암을 좋아했고 한국인으로는 봉하 처사 무현당(武鉉堂)을 사랑했네. 이들은 누구에게 매이길 싫어했거나 스스로를 우습게 여겼던 자들로 명절에 따로 메를 지어 올리네.

　생각건대 나는 나의 늙은 감옥, 내 먼 조상에는 광개토대왕도 있었으나 나는 너무 오래 서울과 일인칭에 시달렸네. 아, 어디에 광막천지가 있어 광개토라니. 그래도 아직 오지 않은 나라와 안 살아본 생이 있고 눈비 오는 진포(津浦) 가 어디쯤 술 파는 노래방도 있으니……

신과 싸울 수는 없잖아*

추녀 끝에 매달린 말벌집에서 말벌들이 하루아침에 사라졌어

사람도 소도 쓰러졌어

나무들은 말만 못할 뿐 똑같이 겁을 먹어

집집마다 누가 죽었어

저기 강가에 있는 동네에는 과부밖에 없어

방사능은 남자들을 먼저 데려가

말벌들은 육년 후에 돌아왔어

우리 여자들은 텅 비었어

아이를 안 낳아본 여자들도 자궁을 들어냈어

신과 싸울 수는 없잖아

살아야지

* 스베틀라나 알렉시예비치 『체르노빌의 목소리』에서.

……라고 한다

우리나라에서 산업재해로 죽은 노동자의 사용자에게 부과하는 벌금이 평균 450만원이라고 한다. 영국은 최소액이 약 8억원으로 한국 노동자 177명이 죽어야 나오는 액수이다. 2010년 미 연방교통국이 산정한 시민 1명의 가치는 약 610만 달러라고 한다.*

우리나라에서는 매일 일곱명 정도가 산업재해로 죽는다고 한다.

떨어져 죽고 깔려 죽고 불타 죽고 끼여 죽고 치여 죽고 부딪혀 죽고 터져 죽는다고 한다.

* 『한겨레』 2019년 12월 16일자 참조.

임피리얼 팰리스 호텔 저녁 여섯시

십수년 만에 서울 간다는 종형을 모시고 한강을 건넜다.

이게 무슨 잔치냐 돈지랄이지
호텔 좋은 일만 시키는 거지

당신이 혼주인데 남의 잔치처럼
사진 찍으라면 찍고 절하라면 절한다.

주례 선생도 기어이 만세를 삼창하며 잔치는 끝나고
언제 또 올지 모르는 서울에 딸을 두고 그는 집으로 돌아
간다.

서울 같은 건 아무것도 아니다.

할리우드 영화광

우리끼리 얘기지만
한국 영화는 지나치게 정치적이다.
메타포는 없고 뻔한 서사만 있다.
싸움도 각목과 쌍욕뿐이다.
브레히트는 진실은 구체적이라 했지만
우리 영화는 너무 친절해서
깨알 같은 인생을 다 보여주려 한다.
인생은 진실한 것도 아니고
세상은 정의로운 것도 아니므로
나는 악당들이 은행을 터는 게 좋다.
멋진 스파이들은 또 어떻고……
많은 사람들이 속고 속이며
열에 아홉은 실패해도
반전에 반전을 거듭하다가
성공하는 밑바닥 인생들의 불의가 좋다.
특히 악당을 사랑하는 아름다운 여자들의 연애가 좋다.
인생은 악착같이 사는 것처럼 보여도
허술하기 이를 데 없는 것인데도
우리끼리 하는 말이지만

한국 영화에는 조롱이나 야유가 없다.
어쨌든 보고 나면 다 잊어버리는 나는
할리우드 영화광이다.

공장

집 곁에 바다가 있어 이따금 새벽 돌문어와 배링해를 헤엄쳐 온 명태 코다리를 먹었으며 허약한 존재의 경고에도 불구하고 풀 죽은 연애와 해 질 녘의 어스름한 허무를 이기지 못해 온갖 핑계를 다 갖다붙이고 지고 못 일어날 만큼의 술을 마셨다.

셀 수 없는 양의 갖가지 약들이 수십년간 가구적간(家口摘奸) 하듯 내 몸을 돌아다녔지만 그들은 나에 대하여 아무것도 모른다. 나는 그들을 경멸한다. 그러나 그들이 아니었으면 나는 오장육부를 제대로 보전치 못했거나 적잖이 남은 생을 끌거나 지고 다녔을지도 모른다.

봄이 되면 돌나물김치를 담가 먹었고 처서 무렵엔 눈먼 멸치를 넣고 근댓국을 끓이며 적막강산 건널 채비를 했다. 조상 적부터 그랬다.

눈이 내리면 눈이 내린다고 비가 오면 비가 온다고 오늘은 아무에게서도 전화가 오지 않았다고 꼴 보기 싫은 대통령이 티브이에 나왔다고 계절적으로 문화적으로 정치적으

로 무력한 날 저녁으로 삼겹살을 구웠다. 그리고 어떤 날은
잔치가 없는데도 잔치국수를 해 먹었다.

　그 힘으로 나는 올해도 낡고 오래된 시 공장을 돌렸다.

천장지구(天長地久)

어떻든 세상은 정상이다.
주 오일제가 되고도 송아지 다리는 넷이고
죽니 사니 해도 주말이면
사람들은 벌떼처럼 맛집을 찾아나선다.
얼마나 외로우면 댓글주의자가 되었겠니.
다시 학교를 다닌다면
높은 사부 밑에서 구름과 물소리를 공부하자.
소소한 날들의 헌 마일리지를 모아
폭설 내리는 날 시뻘건 소 타고
저항령쯤 들어가거나
앳되고 앳되던 초등학교 때 선생님 보고 싶다.
생은 대부분 우연이고
사람은 사람에 대하여 아무것도 아니다.
내가 알던 사람들은 어느날 죽기도 했지만
그들도 어쩔 수 없었을 것이다.
오죽하면 컴컴한 노래방에 들어가 춤을 추겠니.
살아보니 집은 작은데 비밀번호가 너무 많다.
어떻든 세상은 오래되었고
그래도 삶은 계속된다.

78

제 4 부

우환에게

노래하자 시인이여
어제는 쉬고 오늘은 놀았다
나도 지구에서 할 만큼 했다
추석 전에 대추를 털고 오늘은 영화를 두편이나 보았다
사람이 뭘 꼭 하자고 세상에 온 건 아니다
자식도 둘이고 봄이 되면
나 보라고 천년도 전에 길 떠난 꽃도 있다
나도 나에게 할 만큼 했다
술과 노래를 좋아했고
기쁨보다 슬픔을 사랑했다
나를 위하여 아직 불지 않은 바람도 있고
신발도 열켤레가 넘는다
노래에게는 노래의 슬픔이 있다
아이들 팽이처럼 기우뚱거리며
멋도 모르고 도는 지구에서
언제 떨어질지도 모르면서
우리는 약속을 너무 많이 한다
아름다운 나의 우환들아
언제 밥이나 한번 먹자

개싸움

나는 감춘 것도 별로 없고 그냥 사는 게 일인 사람인데 동네 철대문집 개는 내 발소리만 들어도 짖는다.

산책 갈 때도 그 집 대문에서 되도록이면 멀리 근신하며 지나가지만 매번 이제 됐다 싶은 지점에서 그가 담벼락을 무너뜨릴 듯 짖어대기 시작하면 뭔가 또 들킨 것처럼 가슴이 덜커덩한다.

나는 쓰레기도 철저히 가려서 내다 버리고 적십자회비도 제때 내며 법대로 사는 사람이지만 아무래도 그는 내 속의 누군가를 아는 것 같다.

그깟 개를 상대로 분개할 수도 없고 그렇다고 겁을 먹는 건 아니다. 그래도 그것이 개든 무엇이든 내 속을 들여다본다는 것은 언짢은 일이다.

한동안 우울했네

부끄러운 얘기네
건널목을 건너다 실수를 했는데
젊은 운전자가 쌍욕을 하며 지나갔네
그래도 고마웠네
나의 어딘가를 망가뜨리거나
생을 뚫고 들어오지 않았으니……
그렇게 불행은 오다가 갔네
이왕이면 멀리 가거라
그리고 길바닥에 남은 일은
어쩌다 보행신호를 어긴
낫살이나 먹은 남자가 쓰라리게,
그만한 게 얼마나 다행한 일이냐
세상은 건널목과 신호등 천지인데
금수처럼 돌아다니지는 않았는지
두 손을 들고 오래 서 있는 일
그날 아는 사람이 없어서 다행이었지만
그래도 한동안 우울했네

아프리카 형수

꿈에 형수는 아프리카 여자였다.
양복을 빨아 나뭇가지에 걸어놓으면 어떡하냐고 했더니
당신 고향에서는 그렇게 한다고 했다.

꿈이 꿈인 줄도 모르고
종잇장처럼 날아다니거나
호랑이가 된 적은 있었으나
형수가 아프리카 사람으로 올 줄은 몰랐다.

어차피 조상이 아프리카였으므로
굳이 해몽이 필요한 꿈도 아니다.
살다보면 경주 이씨 상서공파 족보에
아프리카 여자 이름이 올라갈 날도 멀지 않았다.

꿈처럼 꿈같은 것도 없지만
꿈에 흑단 같은 아프리카 형수가 왔다.
소한 지나 어머니 제삿날은 다가오고
형에게 전화라도 해봐야 하나?

수건에 대하여

이성복 시인의 시 「소멸에 대하여」에는
늙은 수건이 나온다.
그의 아버지보다 오래 산 수건 이야기를 읽고
집에 수건이 너무 많다는 걸 알았다.

저 먼 안데스의 나라에는
올이 빠진 수건 같은 날개로 하늘을 지배하는 독수리도 있고
옛 중국에서는 붉은 수건을 두르고 세상을 뒤엎고자 한 무리도 있었다.
수건을 조심해야 한다.

아내는 화장실에 늘 두개의 수건을 걸어놓는다.
나의 얼굴이나 손이 훨씬 지저분하기 때문일 거다.

대개 새것이거나 깨끗한 것은 무게가 없다.
그렇다고 자동차 휠이나 흘린 소변을 닦아본 수건에 대하여
내가 뭘 안다는 건 아니다.

그러나 목욕탕에 가면 사타구니와 발을 닦던 수건으로
사람들은 제 얼굴을 닦는다는 걸
수건은 다 알고 있다.

그리고 그에게는 다시 걸레라는 후생이 있고 보면
수건은 쉽게 사라지지 않는다.

노지백우(露地白牛)

지난여름 뭄바이 어느 기차역에서

아무렇게나 머리에 뿔을 매달고

대낮에 쓰레기통을 뒤지는 소를 보았다.

저 머나먼 윤회의 자식들,

그러나 저것들을 며칠 안 먹으면

나는 몸이 아프다.

귀에 손바닥만 한 신분증을 단 소들이

똥오줌으로 가득한 마을 축사에서

전생을 게워내 씹고 있다.

그들은 모두 황색 가사를 입었다.

저 붉은 등심과 사골들.

무제시초(無題詩抄)

길 가다가 시 한행을 주웠다.
그걸 잃어버릴까봐 천천히 걸었다.

김수영은 서른다섯에 닭을 길렀다고 한다.
나는 젊어 한때 관(棺)을 팔았다.

정선 사는 유아무개 시인이 그러는데
마을 사람들이 기르던 개에게 미안해서
이웃집 개와 바꿔 잡아먹는다고 한다.

수년 전 몸을 열고 병마를 몰아낸 선배의 어딘가에
그것이 몰래 숨어 있다가 기어코 그를 데려갔다.
몸은 짐승이다.

텅 빈 공양간에서 늙은 보살 혼자 저녁을 자신다.
해 질 때는 부처도 가엾다.

폐지 줍는 노파가 아무렇게나 빈 수레를 끌고 간다.
쓸데없이 나에게 골이 나 종일 건달처럼 보냈다.

누구에게 나쁜 맘을 먹는 건 독약은 내가 먹고
남이 죽기를 바라는 것과 같다*고 한다.
큰일이다.

귀대하는 군인이 시외버스 맨 뒤 구석 자리를 달라고 한다.
자리가 많다고 해도 거기를 달라고 한다.
나도 한때 그런 자리가 좋았던 적이 있었다.

누구네 딸이 고시에 붙었다고 동네에 현수막이 걸렸다.
살면서 제일 환하고 기쁜 일은 자식들이 잘돼서 부모 이름이 나는 일,
나도 아버지의 아들이었다.

공자를 화장실에 두고 읽는다.
소인배는 혼자 놔두면 나쁜 생각을 한다.

* 릭 핸슨·리처드 멘디우스 『붓다 브레인』에서.

중생에 대하여

붓다는 생명을 지닌 모든 것을
중생이라 부르고 한없이 가엾게 여겼다.
그래서 중생은 중생을 업고 강을 건너기도 하고
서로 먹기도 한다.
그들이 아름답고 슬픈 건
불멸의 죽음을 가지고 있기 때문.

수십년 무한천공을 떠도는 인공위성이나
중국집 주방에서 돌아가는 환풍기,
혹은 기약 없는 원자로의 노동과
주차장 입구에서 종일 오르내리는 차단기 같은 것들은
모두 새로 온 중생이다.

붓다는 중생을 위하여
팔만 사천이나 되는 법문을 남겼다.
그것은 한마디로 서로 불쌍하게 여기라는 말인데
쇠는 쇠로 불은 불로
죽음은 계속 태어나고 있으니
저 가엾은 것들에게도

한없는 자비가 필요한 것이다.

어느 청소 노동자에 대한 생각

그는 비정규직이고 사는 곳 또한 부지거처다.
어쩌다 용역회사 같은 데서 부르면
검은 작업복 차림으로 오거나
완장을 차고 오는 전문 청소 노동자,
근래 그는 자동차를 타고 다니기도 하고
SNS를 이용하기도 하는데
나의 어느 선대(先代) 적에는
눈이 펑펑 쏟아지는 날 삼베옷을 입고
대나무 지팡이를 짚고 오기도 했다.
어느 곳에서도 그를 반기지 않지만
그는 가지 못하는 곳이 없고
외로운 사람의 집에 가서는
지붕에 올라가 초혼(招魂)을 해주기도 했다.
아무도 그를 아는 사람은 없으나
그를 모르는 사람도 없다.
그는 요샛말로 왕따이자 블랙리스트에도 올라 있어
사실 형편이 말이 아니다.
이렇게 알은체한다고
나하고 연락하고 사는 처지는 아니고

남들처럼 나도 풍문으로 들었을 뿐,
날이 갈수록 고객은 줄어들고
최근 그에게는 일이 별로 없었다.
그러나 그도 먹고살아야 하므로
우리들 중 누군가는 그에게 일을 줘야 하는데
그렇다고 내가 나설 필요는 없다고 생각한다.

국수 법문

그전에 종로 어디쯤
머리가 하얗게 센 보살이 끓여주는
국숫집이 있었어.

한그릇에 오백원
더 달라면 더 주고
없으면 그냥 먹고
그걸 온 서울이 다 알았다는 거야.

그 장사 몇십년 하다가 세상 뜨자
종로 바닥에 사리 같은 소문이 남기를

젊어 그를 버리고 간 서방이 차마 집에는 못 들어오고
어디서 배곯을까봐
평생 국수를 삶아
그 많은 사람을 먹였다는 거야.

미황사 생각

미황사는 남쪽 땅끝에 있다.
미황, 하고 부르면 황 자가 오래 울리는 곳이다.
자동차로 가면 한나절이면 되는 곳을
한해께 봄 승(僧) 동천 효림을 걸고
박찬 시인과 가기로 한 약속을
그가 너무 빨리 세상을 버렸으므로 지키지 못했다.
시인은 가며 내게 아름다운 절 한채를 맡겼으나
산다는 건 정말 죽음보다 냉정한 것이어서
나는 절도 시인도 다 잊고 살았다.
그러나 봄만 되면 그가 실없이
앞머리에 도라지색 브리지를 넣고 와
죽으면 카톡도 못 한다며
우리가 해남 땅에 맡겨둔 술은
언제 마실 건지 묻고는 했다.
훗날 효림은 설악산문을 나와
풍요(風謠)를 부르며 천안 동막골로 들어가고
나 혼자 바람 불고 국민연금 나오는 세간에 남아
해마다 꽃상여 같은 봄을 바라보는데……

서천(西天)

초승달 옆에 샛별이 반짝인다

달은 집에 갔다 보름 만에 왔는데

샛별이 몰래 따라갔다 왔다고 한다

지금은 둘 사이가 걸어가면 오분 거리다

오늘은 음력 정월 초아흐렛날

별들은 마당을 씻어놓고 집 밖에 나앉았는데

달이 혼자 집에 갔다 안 올까봐 샛별이

또 지키고 섰다

별 이야기

내 사는 골목에 별을 노래하던 시인이 살았다.

저녁 산책길에 그의 서재에 불이 켜져 있으면
아, 저 선배가 오늘도 시를 쓰는구나
나도 돌아가 시를 써야지 하던 날도 있었고

그가 동네 별을 다 써버리기 전에
나도 내 별들에게 이름을 지어줘야겠구나 하던 시절도 있
었다.

어느날 시인이 집을 떠나 돌아오지 못했을 때 나는
그가 너무 하늘 높이 올라갔다가
내려오는 길을 잃어버렸을지 모른다는 생각을 했다.

그의 서재에 불 꺼진 지 오래되었다.
그러나 나는 아직 못다 쓴 시가 있어
술이라도 마시고 돌아오는 밤이면

그도 별이 되어 지금쯤

고향의 천정*에 가 있겠구나 하며
하늘을 쳐다보고는 한다.

* 이성선 시인의 시 제목.

누비옷을 입은 시인
이승훈 시인 생각

그가 비 내리는 북천을 등에 지고
맥주잔을 기울일 때
의자 다리 같은 몇개의 말이 겨우 그를 받쳐주고 있었다.

그의 사물들이 나중에 불립문자와 내통하는 것을
나는 일종의 타락이거나
외도라고 생각하기도 했다.
결국 선(禪)에 속았거나 선이 속은 것이다.
그러나 못 속는 게 바보다.

이형 공양간에 멸치 같은 게 좀 있겠지요?
그럼요 선 속에 뭐가 없겠어요.

겨울 춘천에서 처음 만난 그는 검정 가죽가방을 들고
면도날처럼 새파란 시인이었다.
비 오는 날 파키스탄풍의 모자를 쓰고
삼십여년의 말들이 오늘은 북천을 흘러간다.

군이 문자로 표현하자면 그는 부재한다.

이는 그가 이제 언어가 아니라는 말이기도 하다.
그에겐 다행이다.
더는 의미에게 멱살을 잡히거나
아부할 이유도 없기 때문인데
고백하건대 나도 이제 말은 지긋지긋하다.

나는 그를 존경했다.
그렇지만 비 오는 날
누비옷을 입고 혼자 술잔을 기울이는 그를
그냥 형이라고 부르고 싶었다.
사람은 어딘가 약해 보일 때가 좋은 것이다.
내가 이 시를 쓰는 건 그에게
이 말을 전하기 위해서다.

꿈의 해석

뱀에게 쫓기는 꿈을 꾸다가
침대에서 떨어지고는 혼자 컴컴하게 웃었다.
이 말을 시인들에게 했더니 태몽이라고 한다.
나는 자궁이 없다고 하니까
그러면 영혼이 외로운 거라고 한다.
시인들의 말은 뱀 같다.

한때는 꽃이 지고서야 꽃인 줄 알았다거나
그대에게 가려고 십년을 걸었으나
그대가 내 안에 있었다느니
그런 시를 좋아한 적도 있었고
어떤 날은 강가에서 맥없이
해 지는 걸 바라보기도 했다.
그런 게 영혼이 하는 일이라면
나의 영혼은 아직 정처가 없는 모양이다.
얼마 뒤 꿈 해몽을 검색했더니
꿈 자체가 꿈이라고 나왔다.

그날 밤 흐릿한 방구석에서

뱀 같은 것이 나를 지켜보는 것도 같았으나
꿈에도 안과 밖이 있어서
졸린 영혼을 데리고 다시 꿈속으로 들어갔다.

가장 나중에 맴도는 말의 끝에서

정철훈

1

자꾸 읽어서 좋은 시가 이상국의 시다. 우리가 미처 모르는 명징한 언어를 만날 수 있고, 그 명징함이 우리가 사는 세계에서 자칫 빠지기 쉬운 언어의 파탄을 극복하고 얻은 소중한 수확이라는 점에서 그렇다.

명징함보다 좋은 것이 이상국 시의 따뜻함이다. 따뜻함은 우리가 지닌 최초의 빛을 들추어낸다는 점에서 특별하다. 따뜻함은 영원히 그리운 것을 눈앞에 불러와 마음의 평온을 얻게 해준다. 그것은 눈부셔 보이지 않는 빛과 같다. 과거는 너무나 빠르게 재를 날리지만 시인은 재를 털어내고 과거에 현존의 형상을 부여한다.

그의 표현을 빌리자면 "어떻든 세상은 정상"(「천장지구(天

長地久)」)이다. 불완전하고 모순투성이인 세상을 '정상'이라고 말할 수 있는 건 그가 세상의 불행을 깊이 이해하고 있음을 보여준다. 이상국의 시를 다 알지는 못하지만 예전의 시는 마침표가 없었던 것과 대조적으로 이번 시편들은 대부분 마침표가 찍혀 있다. 예전에 없던 것이어서 눈에 띄었고, 오랜 습관을 바꾼 마음의 이동이 느껴졌다.

2

시를 읽는 동안 안방도 건넛방도 아닌 좀더 높은 다락방에 올라간 것 같았다. 어린 시절 다락방에 올라가면 거기 일부러 숨겨놓은 것 같은 사진첩의 흑백사진 속 인물들과의 연루의식이 생기면서 나의 시원(始原)이 궁금해지곤 했다. 이상국 시인의 경우 투박한 듯 정겨운 영북(嶺北) 방언이 울려 퍼지는 공간이 다름 아닌 그 다락방이었다. 나는 그 다락방에서 시집을 펼쳐보는 느낌을 받았고, 돌로 탑을 쌓는 서원(誓願)으로 시집의 처음을 열고 있는 것이 묵직하게 다가왔다.

산에 가 돌을 모아 탑을 쌓고 서원(誓願)을 했다.
돌도 나를 모르고 나도
돌을 알지 못했으므로

그게 돌에다 한 것인지

내가 나에게 한 것인지 알 수 없었다.

—「누군가 있는 것 같다」 부분

돌은 인간의 손길로 차곡차곡 쌓지 않으면 산비탈에 마구 뒹구는 미물에 불과하다. 언어도 마찬가지다. 이상국이 '돌탑'이라고 했을 때, 그것은 언어의 탑이다. 돌을 쌓는 동안 마음은 점점 투명해지고 완전히 비워져 무의식을 매개하는 언어가 된다. 이때 언어는 불변의 질량을 닮아간다.

나는 시인이 아닌 이상국을 상상할 수 없고 이상국만큼 자신에게 딱 맞는 시의 옷을 입고 있는 시인을 알지 못한다. 두어해 전 가을, 우리는 속초 부근의 해변에 나란히 누워 있었다. 나는 한없이 외로웠고 발밑에서 철썩대는 바다는 무섭도록 푸르렀다. 우리는 꿈쩍도 하지 않고 죽어 있었다. 그렇게 현재에 집중할 수 있다면 영원히 행복할 수 있을 것이다. 그러나 불행히도 숨을 쉬고 있다는 게 느껴지면서 눈을 떴고, 노랗게 빛나는 물건이 눈에 띄었다. 어구에서 떨어져 해변으로 밀려온 오 킬로그램짜리 추(錘)였다. 끝에 묶인 나일론 로프 매듭을 유리 조각으로 끊으면서 그가 말했다. "엿장수에게 팔아서 술값이나 할까." 우리는 함박웃음을 지었고, 해변의 모든 모래 알갱이가 그 말을 알아들은 듯 반짝였다. 그때 순간에서 영원까지 모래 위에 함께 있었다. 그것은 말[言]이 도달할 수 없는 무(無)의 세계로 들어가는 입구처럼 느껴졌다.

아주 오래전 일이다.

세상에 온 지 얼마 안 돼 숨을 놓은 조카를

형님이 안고 나는 삽을 들고 따라갔다.

아직 이름도 얻지 못한 그애를 새벽 솔밭에 묻고

여우들이 못 덤비게 돌멩이를 얹어놓고 온 적이 있었다.
　　　　　　　　　　　　　　　　　　　─「오래된 일」 부분

'돌'은 이상국의 분신이고 그가 사람이 아니라 돌로 태어났을지라도 조카의 무덤에 얹힌 돌멩이가 되었을 거라는 우화(寓話)가 읽힌다. 우화는 깨달음의 미소를 동반한다. 염화미소(拈華微笑)가 그것이리라. 불립문자(不立文字)의 전언을 문자로 보여준다는 점에서 그는 가섭(迦葉)의 경지에 이른, 석가모니의 직계 제자인 셈이다. "아내의 생일을 잊어버린 죄로/나는 나에게 벌주를 내렸다."(「유월의 이승」)에서 시적 화자는 영락없는 대처승이거나 법력 높은 고승이다.

금강산도 식후경이라고 했듯, 이상국은 비 오는 날 이 고승을 데리고 중국집에 가서 짜장면을 사주며 시장기를 달래

106

기도 한다. "조금은 세상에게 삐친 나를 데리고/동네 중국집에 가 짜장면을 사준다.//양파 접시 옆에 춘장을 앉혀놓고/저나 나나 이만한 게 어디냐고/무덤덤하게 마주 앉"(「도반(道伴)」)아 짜장면을 먹고 나면 본격적으로 비경이 펼쳐진다.

　무정한 나의 어머니는 아들 삼형제만 낳아서
　오빠라는 말 한번 듣지 못하고
　여기까지 왔지만

　뜸북새 울면 눈이 퉁퉁 부어
　서울 간 오빠 기다리던
　누이들은 다 어디 갔나.

　　　　　　　　　　　　　　　　　──「누이 생각」 부분

　이상국은 '없는 누이'를 호출하는 누이 바보다. '없는 누이'를 스스로 발명하여 "나는 저 울산바위 같은 네 친정 오빠"라고 눙치는데 미소를 머금지 않을 수 없다. 「누이 생각」에 이어지는 「오빠 생각」은 일부러 불러낸 '없는 누이'가 심심할까봐 쓴 답시(答詩)이다. '없는' 일을 쓴다는 것은 동심 없이는 쓸 수 없는 이상국만의 우화라고 할 수 있다. 그의 첫 동시집 『땅콩은 방이 두 개다』 역시 하루 종일 산과 들을 쏘다니는 소년의 일상을 통해 반달곰, 기러기 등 자연의 친구들과 같이 살았던 시절로 돌아가고 싶은 그리움을 담고 있다.

그러니까 칠십대에 쓴 십대의 서정이다. 아득한 십대에 칠십대를 예감하지는 않았더라도 칠십대가 어린이의 말을 하고 어린이가 칠십대에게 말을 거는 서정은 또 하나의 비경이다.

다저녁때 눈 온다
마을의 개들이 좋아하겠다
아버지는 눈 오는 날 피나무로 두리반을 만들거나
손바닥에 침을 뱉어가며 멍석을 맸다

술심부름 갔다 오는 아이처럼
경중경중 가로등 아래 눈 온다
주전자가 좋아하겠다
아버지는 어느 해 겨울
그 멍석으로 기어코 당신의 문상객을 맞았다
——「다저녁때 내리는 눈」 부분

다저녁때에 이르러 세상 넓은 줄 모르고 돌아다니던 옛 시절이 떠오르고, 그때 두리반을 만들고 멍석을 짜던 아버지가 떠오르는 '나'는 마지막 연 "눈은 자기가 눈인 줄도 모르지만/눈에게도 고향이 있어서/거기 가서 내리고 싶어하는 것 같다"의 그 눈이다. 어린 시절로 돌아간 시인의 독백은 눈의 은유를 통해 빛나는 형체를 입는다.

이상국이 태어나고 자란 강원도 양양군 강현면 강선리는 수복 이전에 북한 땅이었다. 그는 인공기가 운동장에 게양되고 스탈린 대원수의 사진이 교실마다 걸린 초등학교에 다녔다. 그 시절 양양은 행정구역상 북조선 원산 관할지에 속했다. 금강산과 원산을 머리에 이고 살아온 이상국의 태생적 풍수지리가 여기에 있다. 전쟁 때 양양이나 속초 사람들은 피란을 가도 북쪽으로 간 이치가 그런 지역적 풍토의 소산이고 그때 북으로 간 일가가 아주 없는 것은 아니다. 해방 직후 인민공화국에서 태어나 휴전 후 수복지구에서 성장한 그의 정서는 한반도 분단을 생활 속에서 체감한 지역적 특수성에 뿌리를 두고 있다.

그에게 고향은 "소금집 둘째 딸도 시집가고/면(面)이 텅 빈 저녁으로/태평양이 문지방까지 차오르던 농협 숙직실에서/짜장면에 배갈을 마시던"(「물치」) 공간이다. 동해가 곧 태평양일진대 저 1930년대 함흥 영생여고보에서 교사 생활을 하던 백석이 바라보던 태평양과 이상국이 바라보는 태평양은 다르지 않다. 그렇다고 해서 이상국을 현대판 백석으로 몰고 갈 이유는 없다. 그는 백석에 비해 신인류이고, 또래 세대에 비해서도 단연 신인류이다.

3

이상국은 인터넷 서핑을 하고 영문과 숫자와 특수문자를
사용하여 비밀번호를 만들어 살아가는 현대인이다. 비록 현
대도 곧 근대가 되고 마는 짧은 현대이지만, 그는 비번을 모
르면 귀신도 열 수 없는 은행 금고에서 돈을 출납하는 인터
넷 제국의 당당한 시민이다.

내가 영문, 숫자, 특수문자로 그린 yusan*1104
이 부적 문자를 컴퓨터에 집어넣으면
하늘의 문이 열린다.
(…)
나는 붉고 푸른 망또를 입고
슈퍼맨처럼 무한천공을 날아다니기도 한다.
─「부적의 노래」 부분

이상국의 분신은 망또를 입고 무한천공을 날아다니는 슈
퍼맨이기도 하다. 그는 실로 매트릭스의 세계에 살면서 만
화경 같은 세계를 들여다보는 신인류이고, 그 세계에서도
언어의 순기능을 작동시킨다. 신인류의 부적을 가진 그는
하늘을 날면서 우리가 사는 세계를 조망한다.
"소나기 지나가고 옥상 고인 물에 온 소금쟁이//눈이 올

것 같아 마당을 쓸어놓던 저녁이 있었다//가을 새벽 자다 일어나 듣는 빗소리"(「망연(茫然)」)는 종정도 마다하고 허름한 암자에 들어가 텃밭이나 가꾸는 현자의 오도송에 가깝다. 그의 시는 개안(開眼)의 쾌감과 청량감을 동시에 선사한다. 하늘을 날다가 다시 지상에 내려와 설거지를 한 뒤 아내의 칭찬을 듣고 좋아라 하는 애처가가 이상국이다. 그의 존재가 돋보이는 것은 이런 인간미에 있을 것이다.

그의 시는 범속한 세상을 내치지 않고 오히려 우는 아이 다독이듯 입에 사탕을 물려주고 콧물까지 닦아주는 신보(新報)이다. 그만큼 그의 시는 젊다. 정작 우는 아이는 징징거리는 세상이며 세상사일진대 그는 우는 아이를 데리고 깊은 세계에 들어와 있다.

> 김기림은 북조선에서 인민으로 죽고
> 아버지는 수복지구에서 촌부로 생을 마치는 동안
> 엎어지고 자빠지고 그 사이가 백년이 넘었다.
> (…)
> 봄은 짧고 나라는 힘이 없다.
>
> ──「마당의 풀을 뽑다」 부분

인공 당시 마을 공회당에 모여 볼셰비키를 학습하기도 했던 이상국의 선친과 1908년생 동갑인 시인 김기림에 대한 병치는 남과 북의 데칼코마니적인 한 단면을 보여준다. 그

단면은 "봄은 짧고 나라는 힘이 없다"로 압축된다. 두동강으로 잘린 한반도의 시대적 고난이 한 개인에게 가한 물리적인 힘에 대한 반동이 읽히고도 남는다.

이왕 김기림을 호출한 마당에 이상국은 자신과 동갑내기인 노무현 전 대통령도 호출한다. "세상이 바뀌어 비부(鄙夫)들이 판을 치자 그는 재계하고 어느날 부엉이바위에서 진일보하여 까마득한 적멸 속으로 들어갔다."라면서 스스로 적멸을 선택한 노무현에 대한 그리움을 내비치는가 하면, "나는 내가 기다리던 세상에 감자를 먹이며 일찍이 법정 노인이라도 되기 위하여 우주를 아무렇게나 사용하고 있었는데"(「동갑(同甲)의 노래」)라면서 소시민으로 살아가는 자신의 생활상을 푸념하기도 한다. 그런데 푸념 중의 한마디 '우주 아무렇게나 사용하기'는 이상국만의 은유이자 죽음과 시대를 넘나드는 그의 '자아의 크기'를 어림케 한다.

다시 삼백칠십여년이 지나자 인민군이 땅크를 앞세우고 되놈들이 꽹과리를 치고 로스케들이 흘레바리를 메고 내려왔고 서양 오랑캐들과 국방군이 다시 밀고 올라갔는데 그로부터 칠십년 가까이 길은 죽어 있다.

—「7번 국도」 부분

7번 국도가 지나는 길목이 양양이요, 동해북부선이 지나는 길목이 양양이다. 양양은 동해북부선을 타고 원산에서 함흥으로, 함흥에서 청진으로, 청진에서 블라디보스토크로 북상하는 여정의 출발점이 되고 있다. 이상국의 시세계는 태평양을 끼고 있는 해양 지향과 북방으로 거슬러 오르는 대륙 지향의 통섭에 있고, 이때 해양성과 대륙성은 한반도의 허리 부근인 양양을 싸고돈다. 싸고돌 뿐만 아니라 여기서 더 나아가 아예 "그리하여 천지를 뚫고 몇날 며칠 유라시아로 가자. 더 먼 아프리카로 가자.//가서 세계를 데리고 오자."(「동해북부선」)라고 제안한다.

그의 마음속 행로는 백두대간을 넘어 유라시아로, 아프리카로 내뻗치지만 어느새 다시 양양으로 돌아와 있다. 세계로 나갔을지언정 길을 잃지 않고 어김없이 돌아오는 회귀의식은 "어머니는 쌀독 군데군데 강낭콩을 묻어/쌀의 안부를 표시해두기도 했는데/나는 쌀을 퍼낸 다음/강낭콩을 제자리에 옮겨놓고는 했다."(「그리운 강낭콩」)에서의 강낭콩의 은유와 맞물린다. 어머니가 쌀독의 쌀이 얼마나 줄었는지 어림하려고 묻어놓은 강낭콩의 위치, 딱 그만큼에 자신을 놓는 시인은 스스로를 "어려서부터 말 따라 노래 따라/해 지고 저물어도 돌아갈 줄 모르는 사람"(「시 아저씨」)이라고 명명한다. 여기엔 일찍이 글을 알았으되 세상을 바꾸지도, 자기 자신을 바꾸지도 못했다는 어떤 회한도 묻어 있지 않다. 오히려 회한조차 위로하는 가치중립적인 균형 감각을 통해 서정의 갱신을 보여준다.

"생각건대 나는 나의 늙은 감옥, 내 먼 조상에는 광개토대

왕도 있었으나 나는 너무 오래 서울과 일인칭에 시달렸네.”
(「늙은 처사의 노래」)에서 인구 천만의 국제도시 서울과 이상
국이라는 일인칭은 그에게 자부심이 아니다. 서울 중심도,
일인칭 중심도 아닌 또다른 공간으로의 탈주의식은 먼 조상
의 땅 '광개토'로 상정되지만 이상국은 비정한 세상에 시달
릴 때조차 미소를 잃지 않는다. 그 미소는 우리가 직면한 시
대적 고통을 노래로 승화시키는 대승적(大乘的) 세계에 가
닿는다.

노래하자 시인이여
어제는 쉬고 오늘은 놀았다
나도 지구에서 할 만큼 했다
추석 전에 대추를 털고 오늘은 영화를 두편이나 보았다
사람이 뭘 꼭 하자고 세상에 온 건 아니다
(…)
아름다운 나의 우환들아
언제 밥이나 한번 먹자

─「우환에게」 부분

"사람이 뭘 꼭 하자고 세상에 온 건 아니다"는 '시로 꼭 무
엇을 하자는 것은 아니다'로 읽히기도 한다. 시인은 자기 자
신을 이길 수 없어 시를 쓴다. 문학도 문학을 이길 수 없다.
이상국은 이상국을 이길 수 없어 시를 쓴다. 이기면 시를 쓸

수 없고, 세상 같은 건 이길 이유가 없다. 그러나 더 외롭고 더 분노해야 하고 더 깊이 타인을 이해하지 않으면 쓸 수 없는 게 이상국의 시라는 것만은 말해두고 싶다. 피가 뜨겁지 않은 사람이 어디 있으랴마는 뜨거움을 견디며 한결같은 달빛의 언어로 말하는 시인이 이상국이다. 이상국은 달의 시인이고 돌의 시인이며 슬픔의 시인이다. 슬픔을 안다는 것은 언젠가 아름다움을 보았다는 것을 의미할 터, 아름다움의 상실이 슬픔이다.

> 그러나 목욕탕에 가면 사타구니와 발을 닦던 수건으로
> 사람들은 제 얼굴을 닦는다는 걸
> 수건은 다 알고 있다.
>
> 그리고 그에게는 다시 걸레라는 후생이 있고 보면
> 수건은 쉽게 사라지지 않는다.
>
> ──「수건에 대하여」 부분

수건(시)은 쉽게 사라지지 않는다. 모든 문자 활동이 그렇다. 한번 활자화되면 "걸레라는 후생"까지 책임을 져야 한다는 시에 대한 엄격함과 숭고미가 그것이다. 수건이 걸레가 되는 후생의 숭고미는, 인간으로 태어나 먹어야 했기에 감히 인도에서 신성시하는 소마저 잡아먹고서 영양분을 보충해야 하는 생의 유물론적 순환 방식으로 구체화된다.

지난여름 뭄바이 어느 기차역에서

아무렇게나 머리에 뿔을 매달고

대낮에 쓰레기통을 뒤지는 소를 보았다.

저 머나먼 윤회의 자식들,

그러나 저것들을 며칠 안 먹으면

나는 몸이 아프다.

─「노지백우(露地白牛)」 부분

고향에서 논밭을 갈던 농사꾼의 소를, 혹은 아버지가 끌고 가던 소를 뭄바이에서 만났으되 몸을 보우하사 "저것들을 며칠 안 먹으면/나는 몸이 아프다."고 할 때 그 소는 무엇인가. 과연 아버지가 끌고 가던 것이 소였을까, 혹은 소가 아버지를 끌고 가던 것은 아니었을까. 이 모든 게 축복인지 저주인지 모를 윤회의 자식이지만 그 윤회를 육체성의 내부까지 깊이 돌파한 마지막 두 연 "그들은 모두 황색 가사를 입었다.//저 붉은 등심과 사골들."에 이르면 윤회는 멀리 있고 현 존재(소)로서의 본질을 투시한다.

소의 "붉은 등심과 사골"이 눈에 보인다면 '나'의 등심과 사골도 보인다는 말이 된다. 밖을 통해 안을 보고 안을 통해 밖을 보는 경지, 붉고 푸른 망또를 입고 무한천공을 날아다니는 슈퍼맨의 경지, 그리고 '우주 아무렇게나 사용하기'의 경지는 꿈에 형수를 아프리카 여자로 둔갑시킨다. "어차피 조상이 아프리카였으므로/굳이 해몽이 필요한 꿈도 아니"라면서도 미안했던지, "소한 지나 어머니 제삿날은 다가오고/형에게 전화라도 해봐야 하나?"(「아프리카 형수」)라면서 어떤 형상의 윤회를 실천하는 이 기술을 뭐라고 불러야할지…… 말이 도달할 수 없는 세계를 인식했을 때, 말은 그 벽에 부딪쳐 부서지지만 시인은 말의 세계에 갇히거나 말에 압도되지 않는 천진함으로 더 깊게 침잠한다. 이러한 천진함은 누구나 편안하고 친근하게 다가갈 수 있는 소탈하고 순박한 이상국의 한결같은 성정과도 무관하지 않다.

4

이상국을 처음 만난 것은 1998년 봄, 마포 부근에서였다. 그는 시력 이십여년의 중견이었고 나는 느지막하게 문단에 나와 겨우 얼굴을 들이민 신출이었다. 연령이나 시력으로 보면 그즈음의 이상국이 지금의 '나'이고, 그와 나 사이에 "누군가 있는 것" 같다. '누군가'는 누구인가. 나는 이상국이 태어난 1946년을 살지 않았지만 집안 내력에서 1946년이라는 연대를 짐작하게 된다. 해방 이듬해 백부를 뒤쫓아 북으로 간 백모가 포대기에 들쳐 업은 돌쟁이가 있었으니, 한번도 본 적 없는 북쪽 혈육을 나는 이상국의 건재를 통해 은근슬쩍 확인하곤 했다. 그렇게 두 존재가 하나로 연동되면 나는 이상국을 '선생님'으로 부르다가 때로 '형님'으로 호칭했다. 그는 넉넉한 품으로 나를 감싸주었고, 나는 일년이면 두어번 그가 살고 있는 속초를 작심하고 찾아갔다.

이상국의 한결같음은 사람과 문학이 거의 일치하는 한결같음이고, 이는 문단에 이미 정평이 나 있다. 그가 보내준 시집의 손 글씨를 봐도 서체가 한결같고 위치 또한 한결같다. 거기 붙은 「시인의 말」을 읽으며 다시 놀란다. "네번째 시집에서 다섯번째까지 일곱해가 걸렸다. 그동안 혼자 있는 시간과 술이 늘었다."(『어느 농사꾼의 별에서』), "나는 마치 아침에 산속으로 들어갔다가 저녁에 바닷가로 나오는 바람과 같았다."(『뿔을 적시며』), "어머니는 남의 말을 따라다니다보면 해가 져도 집에 못 간다고 했는데 나는 내 말을 쫓아다니다가 좋은 시절을 다 보냈다."(『달은 아직 그 달이다』) 등 각 시집에 실린 「시인의 말」이 하나로 연결되어 있는 것처럼 느껴지는 지극함이 곧 이상국이다.

1959년 광주산(産)인 나는 아홉살 때 상경해 서울에 살고 있고 서울에서만 열두번이나 이사했지만 그는 여전히 고향 부근 속초에서 살고 있다. 타향이라는 지역성과 고향이라는 또다른 지역성은 언어의 깊이와 차이를 유발한다. 내가 문학적 목마름을 찾아 만주로, 러시아로, 중앙아시아로 떠돌 때 그는 고향을 지키며 말의 본향을 보여주었다. 내가 여러 신을 모시는 동안 그는 하나의 신을 섬겼다.

텅 빈 공양간에서 늙은 보살 혼자 저녁을 자신다.
해 질 때는 부처도 가없다.

폐지 줍는 노파가 아무렇게나 빈 수레를 끌고 간다.
　　　　　　　　　　　　　　──「무제시초(無題詩抄)」부분

　시에 등장하는 여러 인물들은 길에서 만났기에 더 반갑고 더 정겹다. 이상국은 길에서 만난 모든 개물(個物)을 의도치 않게 이끌고 부처의 공능이 발현된 불국토의 세계에 들어가 있다. 그런데 "해 질 때는 부처도 가없다."라니. 중생이 부처를 숭상할 때조차 이상국은 "부처도 가없다"라고 말한다. 사람은 모두 해 질 녘이 외롭다. 해 질 녘의 우울을 선셋(sunset) 증후군이라고 말하지만 이는 현대인이 만든 정신의학적 용어일 뿐, "해 질 때는 부처도 가없다."에서 우리는 큰 위로를 받는다. 해 질 녘에 불안감을 느끼는 사람들에게 위로를 주고, 인간은 나약한 존재임을 다시금 깨우쳐주는 시구가 아닐 수 없다. 그것은 지금부터 어두워진다는 말이고, 별이 뜰 때까지 심장이 멈추는 어둠과 직면해야 하는

'나'의 외로움을 상쇄시킨다. "부처도 가엾다"는 어떤 허세도 없는 부처와 인간의 동질성을 나타내는 것으로, 부처에 대한 불경도 모독도 아니다. '나'와 '우리'는 그 말에 위로받아 밤을 맞이하고 또 아침을 맞이한다. '부처도 인간이다'라는 인간과의 동질성을 한 문장에 압축해 보여주는 이 시구는 이번 시집의 또다른 성취이다.

내가 전업의 시대를 마감했을 때 그도 절머슴(만해마을 운영위원장)을 마감하고 나온 참이었다. 우리는 한때 머슴으로 살았던 공통점이 있고, 똑같이 한때 울화가 있었다. 울화는 불의 꽃이다. 얼마 안 가서 울화는 물의 꽃이 되었다. 불은 물에 녹는다. 내가 물이 되고자 했을 때 그는 강물이 되어 흐르고 있었다.

이상국이 차린 밥상은 그가 닭을 잡고 나물을 무치면서 뿌린 양념까지 싹싹 비워져 설거지할 게 없다. 그리하여 그의 시는 쓰면서 지워진다. 존재의 궁극은 언어에서도, 의미에서도 벗어난 부재에 있다는 것은 자명하다. 하지만 이상국은 그 부재의 입구에서 맨 처음에 지닌 언어와 가장 나중에 지닌 언어를 조응시킨다. 이때 조응의 한 형식이 'A는 A다'라는 문장이다.

'A는 A다'는 이전 시집 『달은 아직 그 달이다』에서부터 두드러진 이상국만의 발화이기도 하다. 이번 시집에도 "뿔은 힘이 세다."(「뿔」) "가을은 사심이 없다."(「논물」) "나의 등은 나의 오래된 배후다."(「배후에 대하여」) "어떻든 세상은 정상이다."(「천장지구」) 등등의 문장이 자주 출몰한다.

'A는 A다'는 A에 대한 정의와 같은데, 이는 성철 스님의 법어 "산은 산이요, 물은 물이다"를 연상시킨다. 이 법어의 생략된 앞부분은 "보고 듣는 이밖에 진리가 따로 없으니 사회 대중은 알겠느냐?"로 알려져 있다. 법어에 담긴 깊은 뜻은 알 수 없으나 'A는 A다'라는 형식이 주는 말의 강도와 순도를 느낄 수 있다. 그것은 어떤 수식도 필요 없는 완강한 득의이고, 완강한 득의는 깨달은 자의 외로움을 동반한다. A를 두고 A-나 A+라고 말하는 시대에 'A는 A다'라고 단언하는 것은 확연히 도드라진다. 'A는 A다'에서 앞의 A와 뒤의 A 사이엔 시차가 있다. 뒤의 A는 세상의 변화를 거스르는 A다. 그 시차 속에서 사랑도 하고 결혼도 하고 시인이 되고 울분도 터뜨렸으니, 십년이면 강산도 변하고 인심도 변해 엄밀히 말하면 변하지 않는 것이 없다. 그럼에도 'A는 A다'는 변화의 세월을 다 견딘 뒤의 선언적 의미가 있다.

붐비는 것, 엉키는 것, 고인 것, 고여서 응고된 것, 응고되었다가 다시 액체 상태로 출렁이는 것…… 어제가 벌써 옛날이 되었다. 요즘은 가까운 과거마저 빠르게 옛날이 된다. 이는 디지털 문명이 가져온 변화의 속도를 반영한다. 이상국의 시는 변화하지 않는 것을 옛날로 상정하는 언어의 조로(早老) 현상에 대해 많은 것을 생각하게 한다.

문학은 대체의 역사를 상정하는 환상의 공간이 아니다. 시는 감각의 표면도, 상처로부터의 도피처도 아니다. 이상국이 "너무 오래 서울과 일인칭에 시달렸네"라고 말할 때 그 서울은 중앙의 시풍을, 일인칭은 과도한 자아의 출몰을 함축한다. 중앙도 하나의 지역이고, 아무리 과도한 자아라고 할지라도 일인칭에 불과하다. 일인칭이 너무 많아 식상해진 우리 문단에서 이상국의 시는 보약과 같다.

5

태양 아래 영원한 것은 없다지만 불변하는 것은 있다. 그 불변은 "보고 듣는 이밖에 진리가 따로 없"는 지금 여기를 의미하고, 지금 여기는 이상국이 태어나고 자라고 어느새 늙은 생애의 전 과정이 하나의 통사로 현시된 '지금 여기'이다. 이상국은 '지금 여기'가 내가 아는 '시의 나라'라고 말하고 있다. 진인(眞人)은 외롭다고 한다. 진인은 일부러 외로움을 찾아간다고 한다.

이상국은 소싯적에 관(棺)도 팔고 절머슴도 했지만 그 어디에도 속하지 않고 그가 만난 맨 처음 언어의 빈집으로 돌아가 있다. "봄은 짧고 나라는 힘이 없"던 근대의 길목에도 언어의 빈집은 있었다. 상처 입은 짐승들은 모두 그 빈집에 웅크린 채 상처를 핥으며 짧은 봄을 음미했다. 나라는 결코 위대하지 않고, 시 역시 위대한 나라가 아니다. 다만 몸에 박힌 가시를 뽑아내고 상처가 아무는 동안 머무는 빈집이 있을 뿐이다. 소월 이래 모든 시인들이 그 빈집에 잠시 머물다가 떠나갔고 다시 돌아오지 않았다. 그래서인지 이상국은 그 빈집에 어머니며 아버지며 형수며 아름다운 이름들을 자주 모셔온다. 그렇게 모셔와 가장 나중에 맴도는 말의 끝에서 시를 길어 올린다.

시에게 신세를 졌을지언정 시는 나중에 갚으라는 말도, 밥 한끼 사라는 말도 하지 않는다. 이상국이 시를 믿고 살았듯 시도 이상국을 믿고 여기까지 왔다. 그의 시를 오래 읽고 싶다. 더불어 그를 오래 만나고 싶고 함께 어울려 오래 놀고 싶다. 그러니 이 오독과 난독을 멀리하시고 부디 말의 본향을 굳건히 지키며 강건하시라. 만났으니 헤어지는 것은 정한 이치이지만 돌아서려니 눈이 내린다. "다저녁때 내리는 눈"이다.

鄭喆熏 | 시인

어쩌다보니 생이 바람 든 무처럼 허술해지고 가까스로 시만 남았다. 서로 무능하고 미안한 일이다. 그래도 아직 가보지 못한 미지의 나라가 있고 그곳에서 나를 만나려고 줄을 서 기다리고 있는 말들을 생각하면 웃음이 난다.

시는 나에게 사물의 배후나 삶의 은밀한 거처가 되어주었으면 한다. 하지만 나는 늘 길 위에 있거나 말 속에 말을 숨길 줄 모른다. 그러다보니 나 자신도 가리기가 쉽지 않다. 여기저기 나무도 심고 집을 늘리고 싶다.

2021년 3월
미시령 아래서
이상국